Les deux amis

Jean-François marquis de Saint-Lambert

Les deux amis

Les Iroquois habitent entre le fleuve Saint-Laurent et l'Ohio. Ils composent une nation peu nombreuse, mais guerrière ; et qui a conservé son indépendance au milieu des Français et des Anglais.

Les Iroquois vivent rassemblés dans des villages, où ils ne sont soumis à l'autorité d'aucun homme ni d'aucune loi. Dans la guerre, ils obéissent volontairement à des chefs ; dans la paix, ils n'obéissent à personne.

Ils ont les uns pour les autres les plus grands égards : chacun d'eux craint de blesser l'amour-propre d'un autre, parce que cet amour-propre s'irrite aisément, et que la plus légère offense est bientôt vengée. La vengeance est l'instinct le plus naturel aux hommes qui vivent dans les sociétés indépendantes ; et le sauvage, qui ne peut faire craindre à son semblable le magistrat et les lois, fait craindre ses fureurs.

C'est donc la crainte qui est, chez les sauvages, la cause de leur politesse cérémonieuse et de leurs compliments éternels : elle l'est aussi de quelques associations. Certaines familles, quelques particuliers, se promettent par serment de se secourir, de se protéger ; de se défendre : ils passent leur vie dans un commerce de bons offices mutuels ; ils sont tranquilles à l'abri de l'amitié, et ils connaissent mieux que nous son prix et ses charmes.

Tolho et Mouza, deux jeunes Iroquois du village d'Ontaïo, étaient nés le même jour dans deux cabanes voisines, et dont les habitants, unis par serment, avaient résisté ensemble à leurs ennemis, aux besoins et aux accidents de la vie.

Dès l'âge de quatre à cinq ans, Tolho et Mouza étaient unis comme leurs pères : ils se protégeaient l'un l'autre dans les petites querelles qu'ils avaient avec d'autres enfants : ils partageaient les fruits qu'ils pouvaient cueillir.

Amusés des mêmes jeux, occupés des mêmes choses, ils passaient leurs jours ensemble dans leurs cabanes, sur la neige ou sur le gazon. Le soir leurs parents avaient peine à les séparer, et souvent la même natte servait de lit à tous deux.

Lorsqu'ils eurent quelque force et quelques années de plus, ils s'instruisirent à courir, à tendre l'arc, à faire des flèches, à les lancer, à franchir les ruisseaux, à nager, à conduire un canot. Ils avaient l'ambition d'être les plus forts et d'être les plus adroits de leur village ; mais Tolho ne voulait point surpasser Mouza, et Mouza ne voulait point surpasser Tolho.

Ils devenaient de jour en jour plus chers et plus nécessaires l'un à l'autre : tous les matins ils sortaient de leur cabane : ils élevaient les yeux au ciel et disaient :

« Grand esprit, je te rends grâce de tirer le soleil du fond du grand lac et de le porter sur la chevelure des montagnes : soit qu'il sorte du grand lac, ou soit qu'il descende de la chevelure des montagnes, il réjouira mon ami. Grand esprit, donne la rosée à la terre, du poisson à mes filets, la proie à mes flèches, la force à mon cœur, et tous les biens à mon ami. »

Déjà ces deux jeunes sauvages allaient à la chasse du chevreuil, du lièvre et des animaux timides : ils ne chassaient jamais séparément, et le gibier qu'ils apportaient, se partageait également entre leurs cabanes.

Lorsqu'ils eurent assez de force et d'expérience pour attaquer, dans la forêt, le loup, le tigre et le carcajou, avant de tenter ces chasses où ils pouvaient courir quelques dangers, ils pensèrent à se choisir un Manitou.

Les Iroquois, comme tous les sauvages, adorent un Être suprême, qui a tout créé, et dont rien ne borne la puissance : ils le nomment le Grand Esprit.

Ils sont persuadés que cet être donne à chacun d'eux un génie qui doit les protéger dans tout le cours de leur vie : ils croient qu'ils sont les maîtres d'attacher le génie à tout ce qu'ils veulent. Les uns choisissent un arbre ; d'autres une pierre ; ceux-ci une jeune fille ; ceux-là un ours ou un orignal. Ils pensent qu'aussitôt qu'ils ont fait ce choix, et qu'ils ont dit : « Orignal, arbre ou pierre, je me confie à toi », le génie qui doit veiller sur eux, s'attache à ces substances qu'ils appellent leur Manitou, et ils se tiennent fort sûrs que toutes les fois qu'ils invoquent leur génie, il quitte le Manitou et vient les secourir. Ces superstitions sont absurdes, j'en conviens ; mais elles ne le sont pas plus que celles de plusieurs peuples policés.

Tolho et Mouza se proposèrent un jour d'aller sur la montagne où les Iroquois vont adorer le Grand Esprit, et ils s'y rendirent au lever du soleil. Là, ils répétèrent leurs exercices : ils frappaient les arbres du casse-tête ou de la hache ; ils perçaient de leurs flèches les oiseaux qui volaient autour d'eux ; ils couraient l'un contre l'autre avec des gestes menaçants ; ils se firent même quelques légères blessures, d'où ils virent avec joie couler leur sang.

« Grand Esprit, disaient-ils, nous sommes des hommes ; nous ne craindrons ni l'ennemi, ni la douleur : donne-nous un génie il ne rougira pas d'être notre guide. »

Après cette courte prière, les deux jeunes sauvages se regardèrent avec attendrissement et une sorte de respect ; leurs regards s'animaient, ils semblaient saisis d'un saint enthousiasme, et obéir à des impulsions dont ils n'étaient pas les maîtres.

Dans ces transports, chacun d'eux prononça le nom de son ami, chacun d'eux attacha son génie à la personne de son ami. Mouza fut le Manitou de Tolho ; Tolho fut le Manitou de Mouza.

Dès ce moment, leur amitié leur devint sacrée ; les soins qu'ils se rendaient avaient quelque chose de religieux ; chacun d'eux était pour l'autre un objet de culte, un être divin. Ils se trouvèrent un courage plus ferme, une audace plus intrépide. Ils attaquèrent avec succès les animaux les plus féroces, et tous les jours ils revenaient dans Ontaïo chargés de proie et de fourrures.

Les jeunes filles des sauvages aiment beaucoup les bons chasseurs : elles les préfèrent même aux guerriers. Ceux-ci donnent à leurs maîtresses ou à leurs femmes, de la considération : les chasseurs leur donnent des vivres et des fourrures ; et chez les femmes sauvages, l'abondance vaut mieux que la gloire. Les jeunes filles d'Ontaïo faisaient de fréquentes agaceries aux deux jeunes amis ; mais ils y résistaient, parce que les Iroquois sont persuadés que les plaisirs de l'amour énervent le corps et affaiblissent le courage, lorsqu'on s'y livre avant l'âge de vingt ans. Mouza et Tolho n'en avaient que dix-huit, et ils auraient rougi de n'avoir pas sur eux-mêmes autant de pouvoir qu'en ont communément les jeunes gens de leur nation.

Selon l'auteur du Mémoire sur les mœurs des Iroquois, cité dans les Variétés littéraires, et selon les relations de tous les voyageurs, les filles chez ces peuples ont fort peu de retenue. Ce n'est pas que la nature n'ait prescrit dans le Nouveau-Monde comme dans l'ancien, l'attaque aux hommes, la défense aux femmes ; mais dans ces contrées, on attache de l'honneur à la chasteté des hommes, et les femmes attachent de l'honneur à la conquête des chasseurs habiles et des vaillants guerriers.

Dans tous les climats, l'homme et la femme naissent avec les mêmes instincts ; mais dans tous les climats, l'opinion établit des habitudes qui changent la nature. De toutes les espèces d'animaux, l'espèce humaine est celle que l'habitude modifie le plus.

Parmi les jeunes filles qui tentèrent la conquête de Tolho et de Mouza, Érimé était la plus aimable. Elle avait dix-sept ans : elle n'avait point encore eu d'amants ; elle était vive et gaie ; elle aimait le travail et le plaisir, elle était coquette avec les jeunes gens, respectueuse, attentive avec un frère de sa mère qui avait élevé son enfance, et de la cabane duquel elle prenait soin. Ce vieillard s'appelait Cheriko : il était respecté dans les différents bourgs d'une nation qui porte à l'excès le respect dû aux vieillards.

Sa nièce essaya de plaire alternativement à chacun des deux amis ; mais les Iroquois étaient menacés d'une guerre avec les Outaouais. Le moment des grandes pêches arrivait. Mouza et Tolho soumis à leurs préjugés, occupés des préparatifs de leur pêche, parurent faire peu d'attention aux agaceries d'Érimé. Ils s'embarquèrent sur le fleuve Saint-Laurent. À leur départ, Érimé ne parut point triste ; elle les conduisit en riant jusqu'au rivage, et au moment qu'ils entraient dans le canot, elle leur chanta gaiement la chanson suivante qu'elle venait de composer pour eux.

« Ils partent les deux Amis, les voilà qui habitent le grand fleuve. Ils partent, et les filles d'Ontaïo soupirent. Pourquoi soupirez-vous, filles d'Ontaïo ? Mouza et Tolho n'ont point veillé à la porte de vos cabanes.

» Les deux Amis sont deux mangliers en fleurs : leurs yeux ont l'éclat de la rosée au lever du soleil : leurs cheveux sont noirs comme l'aile du corbeau.

» Ils partent, et les filles d'Ontaïo soupirent. Ne soupirez pas, filles d'Ontaïo ; ils reviendront les deux Amis : ils seront hommes, ils auront tout leur esprit : ils viendront à vos cabanes, et vous serez heureuses. »

Cependant Mouza et Tolho voguèrent vers les parties du fleuve qui forment dans les terres des espèces de golfes, et qui abondent le plus en poisson. Les sauvages parlent peu, parce qu'ils ont peu d'opinions, et que ces opinions sont les mêmes ; mais ils ont un sentiment vif et ils l'expriment fréquemment par des exclamations ou des gestes. Un ami a besoin de révéler à son ami quelles sont les impressions qu'il reçoit des objets extérieurs ; il a besoin de lui manifester ses craintes, ses espérances, le sentiment qui le domine. Dans leur navigation, les deux Iroquois gardaient un profond silence. Enfin Mouza regarda Tolho tendrement et baissa les yeux et la tête d'un air consterné. Tolho, qui rencontra les yeux de Mouza, ne put soutenir ses regards et détourna la tête en rougissant.

Ils arrivèrent, à l'entrée de la nuit, dans le golfe où ils voulaient tendre leurs filets : ils attachèrent leur canot à de longs peupliers qui bordaient le rivage ; ils abattirent quelques branches de chêne ; ils formèrent une hutte, dont ils garnirent le fond de feuillages sur lesquels ils s'étendirent.

Mouza s'endormit ; mais après un moment de sommeil, il s'éveilla. Son ami l'entendit qui répétait à demi-voix la chanson d'Érimé. Tolho s'endormit enfin. Il parut fort agité pendant son sommeil, et Mouza, qui l'observait, crut l'entendre prononcer en dormant, le nom d'Érimé.

Dès que le jour parut, ils se levèrent en silence, et commencèrent leur pêche qui ne fut pas heureuse.

Ils étaient affligés l'un et l'autre. Mouza montrait la tristesse la plus profonde, et Tolho de la douleur et de l'indignation. Ils se proposèrent de se rendre dans un golfe plus abondant en poisson, mais assez voisin de la cascade de Niagara, cette cascade célèbre où le fleuve Saint-Laurent, large de près d'une lieue, précipite ses eaux de la hauteur de deux cents toises. Le fleuve, aux environs du golfe que cherchaient les jeunes Iroquois, est serré entre des montagnes et semé de rochers et d'écueils : il y a des courants très rapides, et la navigation en est très dangereuse. Mouza et Tolho naviguaient à travers ces rochers conduits par la crainte de revenir dans Ontaïo sans être chargés de poisson, et avec la confiance que leur donnait leur courage.

Ils n'étaient pas éloignés de ce golfe où ils voulaient se rendre, lorsqu'il s'éleva un vent violent qui les emporta vers la cascade. Ce vent était poussé par un orage qui s'étendait à l'occident. Le ciel était encore serein au zénith ; mais un peu au-dessus des montagnes, il était sombre et noir, les éclairs semblaient des feux qui s'élançaient de ces montagnes, dont le tonnerre et les vapeurs enveloppaient les sommets. Les feux de la nue se réfléchissaient sur l'étendue des eaux agitées. Le canot volait rapidement sur un courant qui l'entraînait vers la cascade ; le bruit continu de la chute immense des eaux, le bruit interrompu des tonnerres et des vents portaient la crainte dans l'âme courageuse des deux jeunes sauvages ; mais cette crainte ne leur ôtait point la présence d'esprit.

Malgré la force du courant et de la tempête, ils dirigeaient le canot avec art, et ils évitaient les écueils. Ils regardaient de toutes parts pour découvrir quelque plage où ils pourraient aborder ; mais ils se voyaient environnés partout de rochers escarpés ou suspendus.

Déjà ils découvraient le nuage éclatant qu'élèvent jusqu'au ciel les eaux du fleuve en rejaillissant des rochers sur lesquels elles se brisent. Ce nuage était entre les jeunes amis et le soleil : la lumière de cet astre étincelait à travers les vapeurs, et y répandait toutes les couleurs de l'arc-en-ciel ; ces vapeurs brillantes touchaient à l'extrémité du sombre nuage d'où partaient la foudre et les éclairs. Tolho et Mouza sentirent qu'ils ne pouvaient éviter d'être entraînés dans la chute du fleuve, et de tomber avec la masse des eaux sur les pointes des rochers. Ils se regardèrent en s'écriant : « Mouza n'aura point à regretter Tolho, Tolho n'aura point à regretter Mouza. Pleure, Érimé, pleure ; ceux qui t'aiment vont mourir. » C'est Mouza qui prononça ces paroles. Ils s'embrassèrent encore. Ils étaient déjà couverts des vapeurs qui s'élèvent et retombent sur les bords de la cascade terrible ; ils se sentirent près du gouffre ; ils ne s'abandonnèrent pas encore à leur destinée, et regardant de côté et d'autre sur les eaux écumantes, ils virent à côté d'eux quelques arbres qui étendaient leurs branches sur le fleuve ; ils se les montrèrent ; ils se jetèrent à la nage, leurs flèches dans les mains, le carquois sur l'épaule, et abordèrent sous les arbres dans une prairie marécageuse, d'où ils se rendirent bientôt sur un terrain plus élevé ; ils entrèrent ensuite dans une forêt, dont les arbres immenses ombrageaient les rives du grand fleuve.

Dès qu'ils eurent mis les pieds sur le rivage, ils s'embrassèrent ivres de joie, et tous deux se jetèrent à genoux.

« Grand Esprit, âme des fleuves, du soleil et des tonnerres, dit Mouza, tu m'as conservé mon ami.

— Cher ami, s'écria Tolho, nous ne pouvons périr ensemble. »

Après cette première effusion de tendresse et de joie, ils se reposèrent quelque temps sur le gazon, sans se parler ; et, les yeux fixés à terre, ils se regardèrent, et Mouza versait un torrent de larmes.

« Ô Mouza ! dit Tolho, j'atteste le Grand Esprit, mon âme vit avec toi, je souffre de tes peines, je ris de ta joie. Hélas, je le vois, ton esprit t'abandonne, il n'est plus auprès de Tolho, il suit Érimé.

— Ah ! dit Mouza, en se jetant dans les bras de son ami, j'aime Tolho plus que moi-même ; mais Érimé possède ma pensée, il est vrai, oui, il est vrai.

— Écoute, dit Tolho, j'ai vu tes peines ; n'as-tu pas vu les miennes ? N'as-tu pas vu qu'Érimé m'enlevait mon esprit ?…

— Je l'ai vu, dit Mouza, et je meurs…

— Ah ! reprit Tolho, tu ne peux être plus malheureux que moi ; mais je ne ferai pas longtemps couler tes larmes. J'ai eu tort ; il faut que tu me le pardonnes. Il y a près d'une lune que mon cœur est déchiré, et je ne t'ai point prié de le guérir…

— Ah ! dit Mouza, ne t'ai-je pas aussi caché mes pensées ? Oui, j'ai scellé ma bouche auprès de mon ami ; mais ma bouche va s'ouvrir : tu verras le cœur qui t'aime et qui souffre ; il ne veut plus se cacher à toi. Disons tout. Tu te souviens du jour où nous revînmes chargés de peaux de tigres, d'ours et de carcajou ; nos parents furent riches de notre chasse, et les filles d'Ontaïo chantaient les chasseurs. Érimé vint à moi : le souris était sur ses lèvres, et l'esprit d'amour était dans ses yeux. Mouza, dit-elle, abat les tigres, perce le carcajou, renverse l'ours, et il n'en demande pas la récompense aux filles d'Ontaïo.

Après avoir dit ces mots, elle se retourna, je rougis ; et je ne lui répondis rien. Je m'éloignai, mais avec peine ; mes pieds étaient pesants, et mes genoux ne se pliaient pas. Je me retirai le soir dans la cabane de mon père, et je ne t'y appelai pas ; l'image d'Érimé occupait tout mon esprit : elle l'occupa dans le sommeil ; à mon réveil, je vis encore Érimé. Je me disais cependant, les Outaouais menacent Ontaïo ; j'aurai besoin de mes forces et de mon courage : l'amour abat, dit-on, les forces du guerrier qui n'a pas vingt ans, et je n'ai pas vingt ans. J'ajoutais bientôt : qu'Érimé est douce et belle ! Ses yeux demandent de l'amour ; qui pourrait résister ?… Tolho, Tolho résisterait, et si je cédais à l'amour, je ne pourrais plus soutenir les regards de mon ami. C'est ainsi que je commençais à te craindre.

— Arrête, dit Tolho, qui écoutait avec des yeux inquiets, arrête : dis-moi le jour, le moment où Érimé t'a dit les paroles d'amour.

— Le jour même de notre arrivée, répondit Mouza, et un moment avant la nuit.

— Ah ! dit Tolho, tu es le premier de nous auquel elle a parlé d'amour. »

Mouza poursuit : « Le souvenir des promesses que nous nous étions faites l'un à l'autre, de ne goûter les douceurs de l'amour, qu'après avoir enlevé des chevelures à l'ennemi, revenait à ma pensée, et je me trouvais fort ; mais je me retraçais les charmes, le souris, les regards d'Érimé, et je perdais ma force. Ô Tolho ! dans ton absence, je t'invoquais, et en ta présence je n'osais te parler. Mais ce n'est pas encore à ce moment où j'ai pensé que je pouvais t'aimer moins ; c'est lorsque je te vis, la veille de notre départ, entretenir Érimé qui te prit la main, et que tu regardais des yeux de l'amour. Je frissonnai comme la jeune fille qui voit la couleuvre qu'elle entend siffler ; j'étais agité, troublé, confus, jaloux du cœur d'Érimé et du tien. À notre départ, je crus entrevoir que la plus belle des filles ne t'aimait pas plus que moi, et que tu pouvais encore être la moitié de mon âme.

— Ah ! Mouza, dit son ami, Érimé m'entraîne, mais avec toi. Elle semblait m'aimer la veille de notre départ. Tolho, dit-elle, passe le temps des fleurs dans les forêts et sur les eaux, où il n'y a point de fleurs. Elle me dit ces mots d'une voix douce comme celle du vent dans les roseaux ! ma main rencontra sa main. L'eau brûlante que nous vendent les hommes d'au-delà du grand lac, ne répand pas autant de chaleur dans nos sens, et ne nous donne pas autant de vie et de cœur, que je m'en sentis en touchant la main d'Érimé. Ce feu ne s'éteint pas ; il brûle encore le sang de ton ami : mon âme me semble augmentée ; j'ai une foule de pensées que je n'avais pas : je me sens plus le besoin de montrer ma force, d'exercer mon courage. Je donnerais mille fois ma vie pour te sauver un chagrin ; je m'exposerais à toutes les douleurs pour plaire à la belle Érimé. Quand j'ai vu qu'elle occupait ton esprit, j'ai frémi ; il m'a semblé que je t'aimerais moins si tu la possédais ; mais l'amitié que j'ai pour toi m'est si chère, que si je craignais de la perdre, le fleuve que tu vois me guérirait de la vie ; cependant j'aime Érimé, j'en conviens. Il faut qu'elle m'aime, je le sens, et je le dis. »

Mouza l'interrompit.

« Ah, lui dit-il, tu n'as pas prononcé une parole qui ne m'ait fait sentir la peine ou le plaisir. Quelles délices je trouve dans mon cœur quand tu me parles de notre amitié sacrée ; mais quel supplice tu me fais souffrir quand tu m'assures, avant tant de force, que tu ne cesseras jamais d'aimer la belle fille que j'aime !

— Oh ! Mouza, dit Tolho, nos cœurs sont les mêmes en tout, et nous sommes malheureux. »

Ils parlèrent encore longtemps de leur passion, et se peignirent en détail la manière dont ils la sentaient. Ni l'un ni l'autre n'imaginaient encore de la combattre et de la vaincre. Tolho avait dans le caractère plus de violence, d'impétuosité et de fierté que Mouza : celui-ci était plus tendre ; il avait une sensibilité plus douce. Ils étaient également généreux, l'un par élévation d'âme, et l'autre par tendresse : ils avaient au même degré le courage, l'amitié et l'amour.

Cependant leur longue conversation avait épuisé leurs forces. L'un et l'autre accablés de fatigue, se laissèrent tomber sur le gazon et goûtèrent quelque repos. À leur réveil, ils cherchèrent des fruits qui pussent les nourrir, et après un léger repas, ils songèrent à se faire des armes. Ils n'avaient que leurs flèches qui ne pouvaient les défendre contre des animaux féroces : ils coupèrent de jeunes arbres dont ils séchèrent la racine au feu qu'ils allumèrent avec des cailloux. Avec ces massues, ils se trouvèrent en état de combattre toute sorte d'ennemis.

Enfin Mouza proposa de retourner au village d'Ontaïo pour y reprendre un canot, des filets, et se mettre en état de faire une pêche plus heureuse. Tolho sourit d'abord à cette proposition ; mais bientôt son visage devint sérieux ; il fit sentir à son ami le trouble, les jalousies, les peines auxquelles ils allaient s'exposer l'un et l'autre. Mouza partagea bientôt les craintes de Tolho qui étaient fondées, et tous deux retombèrent dans la tristesse la plus profonde.

Ils ne prenaient aucune résolution, et ils passèrent plusieurs jours dans la forêt sans former le dessein d'en sortir, sans avoir le projet d'y rester : ils se parlaient souvent de leur situation.

Tolho dit un jour à son ami :

« Ce ne sont pas les plaisirs de l'amour qui avilissent les jeunes guerriers ; c'est son empire. Nous savons vaincre la douleur, cette compagne de l'homme ; nous résistons à la faim, nous bravons le danger ; mais pouvons-nous nous croire des hommes si nous restons les esclaves de l'amour ? L'homme rougit de céder à l'homme, et nous cédons à une jeune fille, nous souffrons qu'elle occupe nos pensées, qu'elle nous tourmente.

— Ah ! dit Mouza, j'aurais rougi de ma faiblesse ; mais comment rougir d'une faiblesse que je partage avec toi ? Ton exemple m'a ôté la honte ; mais aujourd'hui ton exemple relève mon courage. Eh ! que ferons-nous en cessant d'aimer Érimé ? ce qu'ont fait plusieurs sauvages que des filles ont refusés. Nous avons vu ces amants s'affliger pendant quelques jours, et dédaigner bientôt celles qui les avaient dédaignés.

— Ah ! dit Tolho, ils n'avaient pas notre amour.

— Cela est vrai, dit Mouza ; mais ils n'avaient ni notre amitié, ni notre courage. »

Après plusieurs discours dans lesquels ils se rappelaient la conduite des jeunes sauvages qui avaient vaincu leurs passions, après quelques contestations sur les moyens d'imiter ces héros, ils firent le projet de ne retourner dans Ontaïo, que lorsqu'ils seraient l'un et l'autre en état de revoir Érimé sans émotion. Ils se construisirent une cabane un peu plus commode que leur hutte, et là, ils vécurent de leur chasse et de quelques fruits. Ils se demandaient de temps en temps des nouvelles de l'état de leur âme, et, d'ordinaire, ils ne répondaient que par un soupir.

Un jour Mouza vint dire à son ami qu'il se croyait enfin guéri. Tolho pleura de honte, poussa des cris et avoua qu'il se croyait incurable ; mais après un moment de réflexion, « Puisque tu es guéri, dit-il à Mouza, tu ne seras donc pas malheureux si je suis l'époux d'Érimé ? » Mouza se retira sans répondre, et avant la fin du jour, il avoua qu'il s'était trompé, et qu'il aimait Érimé plus que jamais.

L'un et l'autre, depuis ce moment, parurent plongés dans la plus noire mélancolie ; leurs regards étaient farouches et sombres ; ils étaient distraits dans leurs fonctions : souvent quand ils étaient ensemble, ils s'avouaient leur douleur profonde ; quand ils étaient séparés, ils poussaient des cris, ils se jetaient à terre, ils la pressaient de leurs mains, ils se relevaient en portant les yeux au ciel et en invoquant le Grand Esprit.

Un jour Tolho était assis sous un hêtre, dont les racines

découvertes embrassaient un rocher suspendu sur le fleuve. Sa tête était penchée, et ses yeux fixés sur les eaux, ses bras étaient croisés sur sa poitrine ; il était pâle, immobile, et sortait de temps en temps de ce repos funeste par des mouvements violents et de peu de durée. Mouza qui le cherchait, le vit et s'arrêta. Tolho qui se croyait seul, se leva avec impétuosité et se jetant à genoux : « Grand Esprit, s'écria-t-il, je renonce à la vie ; veille sur les jours de mon ami. »

Il allait se précipiter dans le fleuve, et il se trouva dans les bras de Mouza, qui s'écria :

« Barbare ! tu me laisses seul sur la terre : quoi, tu ne veux pas que je partage la mort avec toi ?

— Ah ! dit Tolho, tu m'attaches à la vie. »

Mouza, sans lui rien dire, l'embrassait fortement, et l'entraînait vers le fleuve, pour s'y précipiter avec lui. Tolho l'arrêtait, en le conjurant de vivre avec Érimé. Mouza l'accablait de reproches les plus tendres ; enfin entraîné par Tolho, il s'éloigna du fleuve, et tous deux vinrent se reposer à l'entrée de leur cabane. Là, ils s'entretinrent avec assez de tranquillité. Dans la scène qui venait de se passer entre eux, ils avaient épuisé leurs forces, ils n'en avaient plus assez pour se livrer aux sentiments violents ; ils venaient de sentir les horreurs du désespoir ; leur âme fatiguée de cet état cruel, cherchait à se faire des illusions et à retrouver l'espérance.

« Mon ami, dit Mouza, toi avec qui je veux partager la vie et la mort, écoute une de mes pensées. Tu sais la chanson qu'Érimé fit pour nous au moment de notre départ. Cette belle fille chantait tes louanges et les miennes : elle semblait nous regretter tous deux.

— Oui, dit Tolho, et j'ai eu ta pensée. Je me suis dit : pourquoi ne pourrais-je partager les plaisirs de l'amour avec l'ami de mon cœur, l'ornement de ma vie ? Je souriais à cette pensée ; mais je me représentais Érimé entre tes bras, et les vipères de la jalousie me rongeaient le cœur.

— Je te pardonne, dit Mouza ; mais écoute la suite de mes pensées. Je me suis interrogé, et je me suis dit : Si Tolho goûtait dans les bras d'Érimé les plaisirs de l'amour, pourquoi mon âme en serait-elle affligée, mon âme qui est heureuse des plaisirs de Tolho ? c'est parce que Érimé serait à Tolho et ne serait pas à moi. Mais, si Érimé le veut, ne pouvons-nous pas être heureux l'un et l'autre ? Elle serait à nous, et alors…

— Ah ! dit Tolho, j'ai aussi interrogé mon cœur. Écoute : tu te souviens que dès notre enfance, nous avons évité d'être plus forts, plus puissants, plus adroits l'un que l'autre. Tu n'as pas voulu me surpasser. Si Érimé t'aimait mieux que moi, dans ses bras même je sentirais ton avantage, et j'aurais peut-être une fureur qui deviendrait funeste à tous trois. »

Mouza fut longtemps sans répondre ; il dit enfin :

« Je viens de m'interroger. Je t'avoue que si la belle Érimé donne son cœur à l'un et à l'autre, ou si elle nous laisse ignorer qui des deux elle préfère, je sens que je serai heureux de ton bonheur et du mien. Interroge ton cœur, et tu me répondras. »

Tolho, après avoir rêvé quelque temps, dit à son ami : « Ô moitié de moi-même ! je sens que je puis tout partager avec toi. »

À ces mots, ils s'embrassèrent et formèrent sur-le-champ le dessein de retourner au village d'Ontaïo.

Ils partirent après un léger repas, et à l'entrée de la nuit ; il fallait monter des rochers difficiles, et traverser de vastes forêts qui leur étaient inconnues : mais ils observaient les astres ; et de plus, pour ne point s'égarer, ils n'avaient qu'à suivre les bords du grand fleuve. Dans la route, ils chantaient souvent la chanson d'Érimé : ils convenaient ensemble de la manière dont ils lui parleraient de leur passion, et des moyens qu'ils emploieraient pour engager cette belle fille à ne donner à aucun des deux la préférence sur l'autre. Ils marchaient avec joie, pleins d'espérance, et impatients de revoir Érimé. Ils avaient déjà franchi les rochers, et ils avançaient dans la forêt. Ils étaient près de la fin de leur journée, et déjà le crépuscule commençait à rendre la verdure plus sombre et plus profonde. Ils entendirent du bruit assez près d'eux, et distinguèrent quelques voix. Ils avancèrent vers le bruit, et bientôt ils virent une petite troupe de sept ou huit Outaouais et de cinq captifs Iroquois. Mouza regarda Tolho et lui dit : « Je sens mon cœur qui bondit dans mon sein ; il s'élance loin de moi ; il m'emporte vers les ennemis de nos pères. »

Tolho regardait les Outaouais avec des yeux étincelants de rage. « Mon arc, disait-il, se tend dans mes mains ; mes flèches vont partir d'elles-mêmes ; on connaîtra les deux Amis. » À ces mots, ils tirent leurs flèches qui tuent un Outaouais et en blessent deux, dont un seul fut hors de combat. Les deux Amis jettent leur arc derrière le dos, et la massue à la main, foncent sur les Outaouais qui viennent à eux au nombre de quatre, tandis que deux autres emmenaient les prisonniers.

Tolho et Mouza échappèrent adroitement à ces quatre Outaouais, et s'élancèrent comme des traits sur ceux qui conduisaient les captifs.

La nuit, qui succédait au crépuscule, et les rameaux des grands arbres répandaient tant d'obscurité, qu'on avait peine à distinguer les objets. Les deux sauvages voyant des ennemis et ne sachant pas leur nombre, songèrent à se sauver, mais après avoir massacré leurs captifs. Mouza le premier arrive à leur secours, et les deux bourreaux prirent la fuite. Tolho les poursuivit un moment. Deux captifs cependant avaient été assommés, et dans ceux qui restaient, Mouza reconnut Érimé et Cheriko.

« Érimé, Érimé, s'écria-t-il, je mourrai ou je te sauverai la vie.

— Je te la dois, jeune et beau Mouza, dit Érimé, je te la dois. »

Au cri de Mouza, à la voix d'Érimé, Tolho revient ; les Outaouais réunis revinrent les attaquer. Érimé et les deux compagnons, enchaînés encore, s'éloignaient du combat avec peine, et en traînant avec leurs chaînes les cadavres des deux Iroquois massacrés. Les deux amis tuèrent d'abord deux Outaouais. Tolho en vit un qui retournait sur les captifs : il courut à lui et le tua.

Érimé, tremblante et lui tendant la main, le pria de rompre leurs liens ; Tolho, ivre d'amour et de joie, lui rendit ce service ; mais il fallut un peu de temps.

Dès qu'Érimé fut libre, elle se précipita aux genoux de son libérateur qui s'en débarrassa pour aller rejoindre son ami.

Quelle fut la crainte et la douleur de Tolho, quand il ne trouva plus ni Mouza, ni les Outaouais ! Il répéta plusieurs fois de toutes ses forces le nom de Mouza : on ne lui répondit point. Il prêta l'oreille et il n'entendit que le bruit terrible du Niagara. Il revint vers Érimé, qui, dégagée de ses liens, achevait de briser ceux de ses compagnons.

Tolho les arma de l'arc et des flèches des deux Outaouais tués dans le combat. Ils erraient tous au hasard dans cette obscurité vaste et profonde, au bruit des flots qui se précipitaient des montagnes ; ils jetaient de temps en temps des cris de douleur, et quoique assurés de n'être point entendus, ils répétaient de moment en moment le nom de Mouza. Après avoir fait dans la forêt plusieurs tours et détours, ils se retrouvèrent au lever du soleil, sur le lieu du combat : ils y virent les corps de quatre Outaouais, et cherchèrent en vain celui de Mouza. Tolho accablé de lassitude et de désespoir, affaibli par le sang que de légères blessures lui avaient fait répandre, tomba sans sentiment au pied d'un vieux chêne : Érimé et les deux Iroquois firent leurs efforts pour le rappeler à la vie ; il reprit peu à peu du mouvement ; on vit les larmes couler le long de ses joues, et ses yeux s'ouvrirent : il regarda autour de lui, et prononça le nom de Mouza.

Érimé était à ses côtés, et cherchait à le consoler par les caresses les plus tendres, elle lui jurait, au nom du Grand Esprit, un attachement éternel. Tolho la regarda, et lui dit : « Mouza était ton amant : c'est lui qui le premier t'a sauvé la vie : les Outaouais vont dévorer l'ami de Tolho et le cœur qui t'adore. » Érimé se tut et fondit en larmes. Ils se livraient ensemble à leurs douleurs ; Cheriko se leva. C'était un homme de cinquante ans, distingué par plusieurs actions de courage ; il avait même été plus d'une fois chef de guerre et toujours victorieux : on estimait dans Ontaïo son grand sens et sa justice. « Jeune homme, dit-il à Tolho, je suis touché de ta douleur ; mais la douleur ne doit point abattre l'homme. Les perfides Outaouais ont enlevé ton ami : ils l'ont peut-être laissé vivre encore. Allons lui rendre la liberté : s'il n'est plus, allons le venger, et teindre les eaux du grand fleuve du sang des Outaouais. Les perfides sont venus comme des brigands nous enlever une femme et quatre guerriers ; nous ne sommes qu'à deux journées d'Ontaïo : allons-y réveiller la guerre. En arrivant, je vais donner le festin des combats : je rappellerai à nos guerriers les victoires qu'ils ont remportées avec moi : ils me nommeront leur chef, et tu seras vengé. »

Tolho, ranimé par l'espérance de sauver son ami ou de le venger, rendit grâces à Cheriko ; ils se mirent en chemin. Érimé ne quittait point les pas de son libérateur. Vers les deux tiers du jour, ils s'arrêtèrent auprès d'un ruisseau bordé de fraises, de framboises et d'autres fruits. Érimé en cueillait qu'elle présentait à Tolho ; elle lui parlait, elle le consolait sans cesse : celui-ci, touché, attendri, hors de lui-même, lui dit combien elle lui était chère. Érimé baissa les yeux et rougit. « Garde-toi, lui dit Tolho, de me répondre ; ne jette point sur moi les yeux du mépris, ne me regarde point des yeux de l'amour ; garde-toi d'expliquer ton cœur ; c'est la récompense que je demande pour t'avoir sauvé la vie. Je sauverai mon ami, ou je livrerai mon sein aux flèches des Outaouais. Si nous vivons, si Mouza et Tolho se retrouvent encore sur la même natte, ils viendront à toi, ils te parleront : tu répondras alors. Jusque-là, gardons-nous d'expliquer nos cœurs. » Il prononça ces mots d'un air touché, et en même temps terrible. Érimé fut émue de ce discours et ne le comprit pas.

Ils allaient quitter le ruisseau et se mettre en chemin, lorsqu'ils virent sortir du bois plusieurs hommes armés.

Érimé fit un cri d'effroi, mais elle fut bientôt rassurée ; elle et ses compagnons reconnurent les Iroquois d'Ontaïo et ceux de plusieurs villages qui s'étaient réunis contre les Outaouais. Les Iroquois furent charmés de retrouver Cheriko, Érimé et Tolho : ils pleurèrent les deux guerriers qu'on avait perdus : ils espérèrent que Mouza vivrait encore, et ils se dirent qu'il ne fallait pas perdre le moment de le délivrer.

Lorsque les peuples de ces contrées ont fait des prisonniers, ils les destinent quelquefois à remplacer auprès des veuves les époux qu'elles ont perdus ; mais le plus souvent ces malheureux sont destinés à souffrir les supplices les plus recherchés et les plus cruels. Je ne veux point en faire la description : le tableau ferait horreur.

Je me contenterai de dire que ces barbares ont perfectionné l'art de faire souffrir leurs victimes sans les faire mourir promptement. Les premiers jours, on les accable d'outrages et de blessures douloureuses qui n'attaquent point les principes de la vie ; les jours suivants, les blessures sont plus grandes, et enfin ces misérables expirent le cinquième ou sixième jour dans les tourments les plus affreux. Il est d'usage de ne mettre les prisonniers à la torture qu'après leur avoir donné de grands festins.

Les Iroquois se flattaient d'arriver chez leurs ennemis avant que les supplices de l'infortuné Mouza fussent commencés : ils marchèrent toute la nuit et le jour suivant. Érimé, qui ne pouvait les suivre, retourna au village d'Ontaïo : elle se sépara de Tolho et de Cheriko en fondant en larmes et en leur disant : « Allez délivrer Mouza. »

Le soir du second jour, les Iroquois aperçurent les fumées d'Aoutan, le principal village des Outaouais.

Le chef plaça Cheriko et quelques jeunes gens dans un bouquet de bois peu distant du village : il cacha le gros de la troupe sous de grands arbres à fruit et dans des champs de maïs. Là ils attendirent la nuit, et l'ordre fut donné d'attaquer Aoutan une heure avant le jour.

Il y a, dans les villages de ces peuples, une place destinée au supplice des prisonniers ; auprès de cette place, on construit une loge dans laquelle on garde les malheureux.

Cheriko et quelques sauvages du nombre desquels était Tolho, furent chargés de se rendre directement à cette loge avant qu'on eût commencé l'attaque, et d'y délivrer Mouza, s'il vivait encore.

Au moment prescrit, les Iroquois se mirent en mouvement. Cheriko et Tolho furent reconnus à l'entrée du village, qui ne s'attendait point à être attaqué si promptement. L'alarme fut donnée, mais Cheriko et Tolho marchèrent, sans s'arrêter, à la loge des prisonniers. Ils cassèrent la tête aux deux Outaouais qui gardaient cette loge, dans laquelle ils trouvèrent Mouza étendu sur une natte, pâle et couvert de plaies et de sang.

Tolho jeta un cri et se précipita sur la natte à côté de son ami, sans qu'il lui fût possible d'articuler un mot. Mouza se releva, et ranimé par la présence de Tolho et par le bruit du combat qui commençait à se faire entendre : « Ô mon ami ! donne-moi des armes, dit-il, mes blessures sont cruelles, mais elles n'ont point épuisé mes forces. La douleur pourrait-elle empêcher ton ami de combattre avec toi ? »

On lui donna un arc et des flèches, ils sortirent de la loge ; Mouza marchait avec peine et combattait avec rage.

Les Outaouais surpris, furent d'abord vaincus : la plupart prirent la fuite et se dispersèrent dans les forêts : ce qui ne put fuir, fut massacré sans pitié.

Quelques-uns vendirent chèrement leur vie. Cheriko reçut une flèche dans la poitrine. Ce malheur empoisonna le plaisir des vainqueurs, et fut surtout sensible à Tolho et à Mouza.

Les Iroquois, après avoir mis tout à feu et à sang, se rassemblèrent sur la place, et se disposèrent à partir. Ils enchaînèrent quelques jeunes hommes qu'ils destinèrent à remplacer les guerriers qu'ils avaient perdus, et ils se mirent en marche. Les prisonniers transportaient sur des brancards Cheriko qui était blessé dangereusement, et Mouza que ses plaies empêchaient de suivre la troupe. Tolho ne quittait point le brancard de son ami. Bientôt ils se contèrent ce qui était arrivé à chacun d'eux depuis qu'ils ne s'étaient vus. Mouza fut transporté de joie d'apprendre qu'Érimé était sauvée : il le fut aussi de la manière dont Tolho avait parlé à cette fille. Après avoir exprimé à son ami tous les sentiments qui remplissaient son cœur : « J'ai été digne de toi, dit-il ; tu me vis combattre ; tu sais que les Outaouais ne me résistaient pas : ils ne me résistaient pas les perfides Outaouais ; mais deux d'entre eux me surprirent, me saisirent par-derrière, me lièrent les mains et me forcèrent à les suivre. Je t'appelai à mon secours ; tu ne me répondis pas. Je craignis que la flèche de l'Outaouais n'eût fait couler ton sang. Je marchais accompagné de ma douleur, et j'arrivai le lendemain dans l'enceinte d'Aoutan. Les femmes et les enfants m'accablèrent d'injures et me lancèrent des pierres : je ne fus ébranlé ni par les coups, ni par les outrages ; je traversai le village à pas lents, le front calme et la tête élevée, et mes regards exprimaient le mépris. Cependant le désespoir était dans mon cœur ; je craignis que les Outaouais ne vissent ma tristesse. S'ils l'avaient vue, ils auraient dit que ton ami craignait les supplices et la mort. Je fus entouré des veuves des Outaouais. L'une d'elles dit ces paroles : Que le jeune Iroquois soit le maître de ma cabane, et que sa chasse nourrisse mes enfants. Femme, lui répondis-je, les Outaouais ne me compteront point au nombre de leurs chasseurs, et je ne serai point le maître de ta cabane ; je demande la mort. Les veuves et les jeunes gens jetèrent des cris d'indignation, et je fus condamné aux supplices. Le lendemain, je souffris pendant deux heures la cruauté de nos ennemis. Tu vois qu'ils ont placé des fers brûlants sur plusieurs endroits de mon corps : ils ont arraché plusieurs de mes ongles. Mon cher Tolho, je me suis montré homme, et voici ce que je leur ai chanté :

» J'ai vu vos prisonniers chercher d'un œil inquiet la veuve qui viendrait les sauver ; mais les veuves des Iroquois ne veulent point de vos guerriers pour époux.

» J'ai vu vos prisonniers, je les ai vus rire dans la douleur ; mais ils ne vont point au-devant de la douleur comme le jeune Iroquois.

» Femmes, enfants, guerriers d'Aoutan, vous prolongez mes supplices, et je chanterai ma douleur ; redoublez mes supplices, et je cesserai de vivre parmi vous.

» Ô vaillants Iroquois, mes frères ! Ô Tolho, l'ami de mon cœur ! Ô belle Érimé, la plus chère des filles ! je ne vivrai point parmi vos ennemis ; je me complais dans ma mort. Adieu. »

Pendant ce récit, Tolho versait des larmes d'attendrissement et d'admiration : il jouissait des vertus de son ami et du plaisir de l'avoir délivré.

Cependant les blessures de Mouza se guérissaient, malgré les fatigues de la route.

Chez ces peuples, dont le sang n'est pas corrompu par les vins, les mets et la débauche de nos climats, les plus grandes blessures sont guéries en peu de jours, surtout dans la jeunesse. Cheriko, plus âgé que Mouza et blessé plus dangereusement, semblait s'affaiblir et s'éteindre : il conservait à peine un reste de vie lorsque la petite armée des Iroquois arriva dans Ontaïo. Mouza et Tolho lui avaient prodigué leurs soins, et il était rempli de vénération et de tendresse pour ces deux jeunes gens. Il les avait entendus souvent, pendant la route, prononcer le nom d'Érimé, en se parlant avec beaucoup d'émotion : il avait deviné qu'ils étaient amoureux de sa nièce, et il leur avait fait à ce sujet quelques plaisanteries qui les affligèrent.

Le matin du jour qu'on arrivait dans Ontaïo, Tolho et Mouza révélèrent leur passion et leur dessein à Cheriko : ils osèrent le conjurer de leur être favorable. Le vieillard fut d'abord opposé à une sorte d'union qui, sans être contraire au caractère et aux mœurs des Iroquois, n'était pas dans leurs usages. Il sentit que cette union avait des dangers ; il les fit voir aux deux Amis ; il les exhortait à combattre leur passion ; mais pour réponse à cette exhortation, ils lui contèrent tout ce qu'ils avaient fait. Alors le vieillard, touché de l'état cruel de ces deux jeunes héros, attendri par leurs larmes, plein de respect pour leur amitié généreuse, assuré que sa nièce, qui allait le perdre, vivrait dans l'opulence et respectée de son village, pour avoir fait la conquête des deux plus braves guerriers de la nation, persuadé que la délicatesse et la force de leur amitié les rendraient ingénieux à prévenir la jalousie, convaincu même que la conduite que ces deux Amis se proposaient de tenir avec Érimé, pouvait leur faire éviter non toutes les peines, mais toutes les dissensions ; entraîné aussi par le sentiment des services qu'ils avaient rendus à sa nièce et à lui, et que Tolho et Mouza lui rappelèrent, il leur promit de les servir avec chaleur auprès d'Érimé.

Cependant les filles, les enfants, les vieillards d'Ontaïo vinrent au-devant des vainqueurs, chantant leurs louanges. Tolho et Mouza marchaient à la tête de la troupe comme ceux des guerriers qui s'étaient le plus distingués. Érimé fut ravie de revoir les deux jeunes Amis. Tolho lui conta tout ce que Mouza venait de souffrir chez les Outaouais. Mouza lui conta les exploits de son ami qui l'avait délivré ; mais bientôt elle ne parut occupée que de la blessure de Cheriko. Il crut sentir que sa fin approchait : il fit sortir de sa cabane tous les Iroquois, et quand il fut seul avec sa nièce :

« Érimé, dit-il, je vais passer dans la terre étrangère ; c'est à toi, fille de ma sœur, à donner à mes amis un festin sur ma tombe. Que le poteau que tu élèveras auprès de ma tombe, dise à mes amis quel homme fut Cheriko. Les cheveux de vingt-trois de nos ennemis tapissent ma cabane. J'ai cinq fois été chef de guerre ; je n'ai perdu que six hommes ; et j'ai pris ou tué cent hommes à l'ennemi. La flèche de l'Outaouais m'a frappé, lorsque je délivrais un Iroquois ; les tigres et les ours craignent la massue de Cheriko ; l'orignal et le chevreuil ont rempli mes chaudières ; ma chasse a nourri souvent les enfants de la veuve et le vieillard ; je n'ai jamais été coupable du grand crime (c'est le nom que les Iroquois donnent à l'ingratitude). Mon esprit n'a jamais perdu la mémoire du bienfait. Voilà ce que doit dire le poteau que tu élèveras sur ma tombe. Je te laisse d'autres devoirs. Ô toi, qui me dois la gloire et les beaux jours de ta jeunesse ! n'oublie jamais ce que nous devons à Tolho et à Mouza. Ils t'aiment plus que la lumière ; ils ne peuvent en jouir sans toi ; tu sais comme ils sont unis ; la vie de l'un est la vie de l'autre, et cependant Mouza ne peut te céder à Tolho, celui-ci ne peut te céder à Mouza ; ils ont brisé tes liens, et ils vont perdre la vie consumés par l'amour.

Ne me laisse point partir pour la terre étrangère, sans m'assurer que les deux plus braves de nos guerriers, les meilleurs entre nos jeunes gens, ne seront point malheureux ; qu'ils habitent avec toi la cabane que je te laisse. Il n'est qu'un danger à craindre pour toi. Tu mettras la colère dans leur cœur, si tu laisses voir qu'il en est un que tu préfères à l'autre ; tu romprais leur amitié, qui fera leur gloire et la tienne. Tous deux méritent ton cœur, qu'ils le possèdent également ; ne souris point à l'un, sans sourire à l'autre ; réponds à leur amour, et ne le préviens jamais. Vis heureuse, ma chère Érimé, tu le peux ; souviens-toi de Cheriko, qui va bientôt dans la terre que le Grand Esprit couvre en tout temps de fruits et de fleurs. »

Cheriko cessa de parler, et sa nièce versa quelques larmes. Après un moment de silence, elle dit qu'elle devait tout aux deux jeunes Amis et à lui, et qu'elle ne serait point coupable du grand crime.

Cheriko appela Tolho et Mouza, qui étaient dans une chambre voisine et séparée de celle du vieillard par une cloison de natte : ils auraient entendu le discours du vieillard, si sa voix avait été moins faible ; mais ils entendirent du moins la réponse d'Érimé : ils entrèrent en se précipitant aux pieds de cette belle fille : chacun d'eux prit une de ses mains ; qu'il couvrit de ses baisers.

« Nous serons tous heureux, dit Mouza.

— Nous vivrons pour Érimé, dit Tolho. »

Ils se jetèrent aux pieds de Cheriko, et lui rendirent grâces. Le vieillard parut un moment ranimé par la joie de ses amis. Il leur dit qu'il se trouvait mieux. Le lendemain, il parut avoir plus de forces ; et il leur donna beaucoup d'espérance qu'il pouvait guérir.

Mouza et Tolho se dirent qu'il était temps d'achever leur mariage, et que le vieillard se portait assez bien pour qu'on pût en parler à sa nièce.

Dans les différentes conversations qu'ils avaient eues ensemble le jour précédent, ils avaient décidé qu'ils ne verraient leur épouse en particulier que la nuit ; mais ils n'avaient point décidé auquel des deux serait accordée la première nuit. Ils prenaient l'un et l'autre des détours pour se parler de cet article délicat. Tous deux étaient dévorés d'impatience ; ils craignaient également de paraître demander une préférence et d'exciter entre eux de la jalousie ; enfin Mouza céda le premier à la générosité de son cœur.

« Tolho, dit-il, je serais malheureux si la belle Érimé te nommait ce soir son époux ; mais c'est Mouza qui te cède les plaisirs de cette nuit ; sois heureux. »

Après ce peu de mots, il s'éloignait en soupirant.

« Arrête, s'écria Tolho, arrête. J'atteste le Grand Esprit que Tolho est aussi capable que toi de dompter son cœur.

— Je le crois, dit Mouza ; mais sois le plus heureux cette nuit, je n'en serai point tourmenté.

— Je le serai, dit Tolho ; j'aurai la honte d'être le moins généreux. »

Mouza l'interrompit en disant :

« Je suis le premier à qui Érimé a dit les paroles d'amour, c'est moi qui, le premier, ai sauvé les jours d'Érimé dans la forêt. Quelles tortures n'ai-je pas souffertes pour elle chez les Outaouais ? mais qu'importe, sois heureux, je ne serai point jaloux.

— Ah ! dit Tolho, que n'ai-je pas souffert le jour où je voulus me précipiter dans le grand fleuve ? Que n'ai-je pas fait pour Érimé et pour toi ? Ne me devez-vous pas tous deux la vie et la liberté ? Mais qu'importe ; que Mouza soit heureux cette nuit, je ne serai point jaloux.

— Mais, dit Mouza, si Cheriko nommait celui d'entre nous…

— J'y consens, dit Tolho. »

Ils rentrèrent dans la cabane ; ils racontèrent ce qui venait de se passer entre eux. Mouza, qui avait fait le premier sacrifice de soi-même, fut nommé par Cheriko. Il fit signe à sa nièce de passer dans la chambre voisine où Mouza la suivit.

Tolho rougit, pâlit, garda quelque temps le silence, et, après un moment de réflexion, s'occupa vivement de Cheriko. Il lui rendait des soins, même inutiles, avec un zèle et une activité extrêmes : il montrait, sur la santé du vieillard, une inquiétude dont cette santé n'était pas l'objet. Il ne pouvait rester un moment tranquille sur sa natte ; il entendit quelque bruit dans la chambre voisine ; il se leva et sortit de la cabane avec précipitation.

Cependant Mouza se trouvait au comble de ses vœux. Érimé, jeune, belle, vive, recevait avec transport les caresses de son époux. Après s'être abandonnés l'un et l'autre à l'ivresse des sens, ils devinrent tendres. « Oh ! disait Mouza, tu es l'âme de nos âmes ; tu es la seule femme qui soit belle pour mon ami et pour moi. C'est pour moi que tu es belle aujourd'hui ; tu le seras demain pour mon ami. Dis-moi que tu aimes Tolho, et demain garde-toi d'oublier Mouza. »

Érimé lui dit que Tolho lui était cher, et lui prodigua encore les caresses les plus tendres. Mais à peine cet ami généreux aperçut la première lueur du crépuscule : « Je souffre, dit-il à Érimé, des peines de mon ami : allons lui dire combien il est aimé. »

Cependant lorsque Tolho était sorti de la cabane, il s'était arrêté sous les arbres qui l'environnaient. La nuit était obscure, le vent agitait le feuillage, on entendait les animaux féroces qui rugissaient dans l'éloignement.

Ces bruits lugubres et les ténèbres ajoutaient à la tristesse et à l'agitation de Tolho ; il se promenait à grands pas autour de la cabane ; il s'en approchait par un instinct machinal ; mais il s'en éloigna subitement, dans la crainte d'entendre quelques mots qui lui auraient percé le cœur. Le crépuscule ne devait pas tarder à paraître, la cause des supplices de Tolho devait bientôt cesser ; il regardait du côté de l'Orient. La couleur opale qu'il découvrait sur cette partie du ciel, lui annonçait le jour et le repos ; les transports de sa jalousie devenaient moins violents : son inquiétude se calmait peu à peu ; son âme forte et vive, disposée à l'enthousiasme, retrouvait celui de l'amitié ; elle s'y livrait, elle sentait même la joie, et l'amour n'était plus pour elle un tourment.

« Soleil, s'écria-t-il, sors de ton grand lac et de tes nuages ; Père de la vie, fils aîné du Grand Esprit, chasse les ombres.

» Soleil, rends la joie au monde : que les ombres sont terribles ! Qu'elles pèsent tristement sur la terre ! C'est dans les ombres que le tigre surprend sa proie, et que la jalousie déchire le cœur. »

Il avait à peine prononcé ces derniers mots, qu'il se vit dans les bras de son ami. « Ah ! dit Mouza, il ne manque à mon bonheur qu'un souris de Tolho. Cher ami, sois content, Érimé nous aime l'un et l'autre. » Ils rentrèrent ensemble dans la cabane. Érimé et Mouza montrèrent à Tolho plus de tendresse que jamais : ils le prévenaient sur tout ; ils s'occupaient de lui ; enfin la nature leur inspirait tout ce qu'il fallait faire et dire pour consoler l'amour-propre de partager ce qu'il veut posséder seul. Tolho reprit sa gaieté, et ils passèrent ensemble une journée délicieuse.

Cependant vers le soir, Mouza parut un peu rêveur. Érimé en devina la cause ; elle eut pour lui une partie des attentions qu'un moment auparavant elle avait eues pour Tolho. Celui-ci devina le motif des attentions d'Érimé et les imita. Quelque avide qu'il fût des plaisirs qui l'attendaient, amoureux, ardent, passionné, mais généreux, il ne fut pas insensible à la nuance de tristesse qu'il remarquait sur le visage de son ami. La nuit vint, et Cheriko demanda qu'Érimé et Tolho le laissassent seul avec Mouza. Ils lui obéirent.

Tolho passa les premières heures de la nuit dans les transports les plus délicieux, il jouit de tous les plaisirs que lui avaient promis les charmes d'Érimé et l'emportement de sa passion. Érimé parut répondre à son amour. On n'a point su lequel de ces deux époux lui était le plus cher et le plus agréable. On a dit qu'elle était plus tendre avec Mouza et plus passionnée avec Tolho. Dans cette première nuit, qui vaut toujours mieux que celles qui la suivent, lorsque les transports de Tolho furent un peu calmés :

« Érimé, dit-il, tu es l'âme de nos âmes : nous vivons en toi. S'il en est un de nous qui soit plus cher que l'autre à ton cœur, ne laisse point échapper ce secret : un mot de ta bouche ôterait la vie aux deux

Amis. Règne sur Tolho, règne sur Mouza, et qu'ils conservent jusqu'au tombeau les sentiments qu'ils ont l'un pour l'autre et pour toi.

— J'ai associé mon cœur à vos cœurs, répondit Érimé : soyez heureux, je serai heureuse. »

Mouza, resté seul avec Cheriko, lui parut accablé de sa tristesse.

« Jeune homme, lui dit le vieillard, tu as chanté dans les supplices, et tu te laisses abattre par la jalousie. Quand tu bravais les tourments chez les Outaouais, que faisais-tu ! Ton âme s'élançait au-dehors, le fer et le feu ne saisissaient point ta pensée, et la douleur qui se promenait sur ton corps, ne pénétrait point jusqu'à toi.

— Il est vrai, dit Mouza, mais je portais alors ma pensée sur Tolho et sur Érimé ; je les vois dans ce moment, je les vois, et ce sont eux qui m'affligent. Oh bon vieillard ! où porterai-je ma pensée ? où pourra-t-elle s'arrêter loin d'Érimé et de Tolho ?

— Porte-la, dit Cheriko, dans le passé et dans l'avenir ; rappelle-toi les délices dont l'amitié a rempli ton cœur, les secours et la gloire qu'elle te promet : pense à la nuit heureuse que tu as passée avec Érimé, et aux nuits semblables qui te sont promises encore. Ô jeune homme ! il nous est donné quelques moments qu'il faut saisir avec avidité et dont il faut jouir avec ivresse, mais dans le plus grand nombre de nos moments, nous souffrons, si nous ne savons pas jouir de l'avenir et du passé, du souvenir et de l'espérance. Je me tais, je t'abandonne à tes pensées, et si tu sais les diriger, tu retrouveras ton courage. Souviens-toi que la nuit marche à grands pas ; le jour la suit. »

Mouza, qui trouvait tous les moments de cette nuit d'une énorme longueur, sortit dans l'espérance de voir bientôt l'aurore. Cette espérance et le discours du vieillard avaient un peu ranimé Mouza : il n'était plus dans l'abattement : une douleur qu'on veut combattre et qui est mêlée d'espérance, agite l'esprit, dispose le corps au mouvement. Mouza se promenait sous les arbres qui étaient aux environs de la cabane : l'air était frais, le ciel était pur, la nuit tranquille ; les étoiles étincelaient à travers les arbres ; les pâles rayons de la lune perçaient le feuillage, ils tombaient sur la rosée du gazon qui semblaient couvert d'un voile d'argent ; un ruisseau peu distant roulait et murmurait dans une prairie voisine :

Mouza l'entendait ; il entendait aussi le chant voluptueux et tendre de quelques oiseaux qui annonçaient le crépuscule. Ce calme et cette fraîcheur de la nature, cette douce lumière, cette obscurité modérée, ces sons variés, qui interrompaient faiblement le silence de la nuit, l'espérance de voir bientôt renaître l'aurore, ne firent point cesser la mélancolie de Mouza, mais lui prêtèrent des charmes. Son âme avait encore des regrets, de l'inquiétude ; mais cette inquiétude, ces regrets, étaient accompagnés d'amour, d'amitié, d'espérance : ces sentiments, les plus agréables de l'humanité, dominaient dans le cœur de Mouza ; il se livrait à sa sensibilité vive et profonde, et il l'exprima bientôt avec cette facilité et ce talent naturel que tous les Sauvages ont pour la poésie.

« J'aime, dit-il, j'aime : l'esprit d'amour est mon âme ; qu'il me donne de vie et de délices ! J'aime.

» Mes larmes coulent ; il m'échappe des soupirs profonds ; mes larmes me sont chères, mes soupirs sont doux : j'aime.

» Que ce silence, cette douce obscurité, ces astres d'or, cette belle lune, ce chant des oiseaux, ont de charmes pour moi ! J'aime.

» J'aime Érimé, j'aime Tolho ; et c'est parce qu'ils me sont chers, que tout me plaît dans la nature.

» L'aurore va blanchir l'Orient ; le jour va paraître, et il sera plus délicieux encore que cette belle nuit. J'aime. »

Après cette douce ivresse, Mouza rentra dans la chambre de Cheriko : il y trouva le couple qu'il aimait ; il était si rempli de ses sentiments, qu'il fut quelque temps sans pouvoir les exprimer. Il reçut et rendit bientôt les caresses les plus tendres.

Tous trois paraissaient contents, et ils l'étaient. Ce qui ajoutait encore à leur bonheur, Cheriko guérissait de sa blessure. Le grand sens de ce sage vieillard contribua beaucoup à maintenir la paix dans ce ménage extraordinaire. La passion des deux amants éveillée de temps en temps par un peu de jalousie, se conserva longtemps dans sa force ; Érimé ne parut pas se refroidir ni pour l'un ni pour l'autre de ses époux. Tous trois, après avoir passé leur première jeunesse dans les plaisirs et l'agitation de l'amour, jouirent de la paix et des douceurs de l'amitié. Érimé devint un nouvel ami que s'étaient donné Tolho et Mouza : toujours aussi intimement unis qu'ils l'avaient été dans l'enfance, ils continuèrent de se distinguer par leur adresse à la chasse et par leur valeur à la guerre. Ils furent souvent les chefs de leur nation, et ils partageaient le commandement comme les dangers ; ils consolèrent Cheriko de sa vieillesse, ils imitèrent ses vertus. L'heureuse Érimé fut toujours vigilante, douce, attentive, laborieuse, et le modèle de la fidélité conjugale.

FIN